PATRICIA VA A CALIFORNIA

Blaine Ray

Written by Blaine Ray
Contributions by Michael Coxon and Von Ray
Layout design by Nataly Valencia Bula
Illustrations by Andrés Felipe Ramirez Cervantes

Published by:
TPRS Books
9830 51st Street - B114
Phoenix, AZ 85044

Phone: (888) 373-1920
Fax: (888) 729-8777
www.tprsbooks.com | info@tprsbooks.com

Printed in the U.S.A. on acid-free paper with soy-based ink.

ISBN-10: 0-929724-50-X
ISBN-13: 978-0-929724-50-8

Índice

· GUATEMALA ·

Patricia es una chica que vive en Panajachel, Guatemala. Guatemala es un país en Centroamérica. Es un país interesante y diferente. Es muy bonito. La capital se llama Ciudad de Guatemala. Hay más de un millón de personas en la ciudad.

Panajachel es un pueblo en Guatemala. Es el pueblo de Patricia. Panajachel está a tres horas de la capital en bus. Panajachel está en un lago que se llama Lago Atitlán. Es muy grande y bonito. A Patricia le gusta andar cerca del agua. Le gusta el color del agua. Le gusta el color del lago.

Muchos turistas van a Panajachel. Van de compras. Compran muchas cosas turísticas. También van a Panajachel porque el lago está allí. El lago es bonito y muy grande.

Cerca del Lago Atitlán hay unos volcanes. Uno se llama Volcán Tolimán. No es un

< Patricia va a California >

volcán activo. Hay otro volcán que se llama Volcán Atitlán. Muchas personas hacen excursiones a los volcanes. Es muy interesante andar en un volcán.

Los indígenas de Guatemala no tienen muchas cosas materiales. Sólo tienen dinero para comprar comida. Guatemala es un país pobre. Las niñas tienen solamente una blusa o dos. Los niños tienen un pantalón o posiblemente dos.

Muchas personas en Guatemala son indígenas. Muchos producen objetos y los venden a los turistas. Algunos no tienen la oportunidad de ir a la escuela. Es un privilegio especial. En algunas familias los niños necesitan ayudar a la familia. Venden los productos de la familia en la calle. Cuando venden los productos, reciben dinero. No compran nada con el dinero. Les dan el dinero a sus padres. Los padres compran comida con el dinero.

Las chicas llevan una blusa especial. Es un huipil. Los huipiles tienen muchos colores. Muchas niñas tienen dos huipiles. Llevan uno de los huipiles y la madre lava el otro huipil.

En Guatemala hay muchos indígenas. Los indígenas tienen ropa diferente. Tienen ropa con colores diferentes y brillantes. Es interesante ver todos los colores.

En Guatemala hay dos estaciones al año. Una es el invierno y la otra estación es el verano. El invierno comienza en mayo. Es la estación del año cuando hay mucha lluvia. El verano comienza en el diciembre y hay poca lluvia durante esta parte del año. El verano en Guatemala no corresponde al verano de los Estados Unidos.

LA FAMILIA DE PATRICIA

Patricia tiene una familia normal. Su papá Eduardo trabaja para el gobierno. Trabaja en la Ciudad de Guatemala. Regresa a la casa los fines de semana. No hay mucho trabajo en Panajachel.

Su mamá se llama Elena. Patricia tiene tres hermanas y un hermano. Elena trabaja en la casa. Es una madre que trabaja en casa. Muchas madres en Guatemala trabajan en la casa. Ayudan a la familia. Elena tiene 38 años. Eduardo tiene un año más que Elena.

Eduardo y Elena tienen una familia unida. Patricia tiene 15 años. Su hermano David tiene 16 años. La hermana mediana es Berta. Berta tiene 12 años. Después viene Margarita. Margarita tiene solamente 9 años. La niñita de la familia es Silvia. Ella tiene solamente 6 años. La familia de Patricia no es una familia indígena. La familia de ella es una familia ladina.

4

Los hombres de las familias ladinas llevan ropa similar a la ropa de los hombres que viven en los Estados Unidos. Las mujeres de las familias ladinas también llevan ropa similar a las mujeres que viven en los Estados Unidos.

Cuando los chicos van a la escuela, llevan uniformes. Patricia tiene una casa normal. La casa tiene tres dormitorios y un baño. Los padres duermen en uno de los dormitorios.

< Patricia va a California >

Patricia mira la casa. Ve que hay muchas palmeras. Hay muchas palmeras en Panajachel. Es muy tropical allí. Las palmeras existen en Guatemala porque es un clima tropical. La casa también tiene mangos y plátanos. A Patricia le gusta la fruta. La fruta es deliciosa. A Patricia le gusta comer la fruta en Panajachel. Estas plantas producen mucha fruta, especialmente el plátano.

La familia come comida típica de Guatemala. Come muchas tortillas. La tortilla es una comida muy importante en Guatemala. En la mañana Patricia va a la tortillería y compra tortillas para la familia. La familia come muchas tortillas. A Patricia le gusta comprar las tortillas. También le gusta comer las tortillas.

Todos los días Patricia pasa tiempo en la cocina con su mamá. Ella le ayuda mucho. Le ayuda a preparar la comida. Le ayuda a su mamá muchísimo. Le gusta ayudar a su mamá. Le gusta ayudarle preparar la comida para la familia. Está contenta cuando le ayuda a su mamá.

Patricia prepara la comida. Prepara sopa y ensalada. Prepara comida diferente. Le gusta preparar la comida. Le gusta ayudar a su mamá.

En la noche la familia se sienta para comer. Comen y hablan. Hablan del día. Hablan

6

de muchas cosas interesantes. Todos participan en la conversación. Para Patricia es una parte buena del día. Para Patricia es una parte importante del día porque puede hablar con la familia. Puede hablar con ellos en español. A ella le gusta hablar de los eventos del día.

Patricia va al colegio. En Guatemala hay colegios y hay escuelas. Las escuelas son públicas. Los estudiantes que van a las escuelas no pagan mucho. Los estudiantes que van a los colegios pagan más. Los padres que tienen suficiente dinero pagan la escuela de sus niños. Los padres tienen la opinión de que la educación es muy importante. No todos los chicos van a la escuela. Algunos no tienen suficiente dinero para asistir a la escuela. Patricia está contenta porque tiene la oportunidad de ir a un colegio. Algunos estudiantes saben bien la importancia de los estudios. Trabajan de día para ganar dinero. Con el dinero que ganan en el trabajo de día, van a una escuela de noche. Patricia vive una vida simple. No es complicada.

CAPÍTULO 3

LA OPORTUNIDAD PERFECTA

< Capítulo 3 >

Un día Patricia va al colegio. El colegio se llama Colegio María de la Cruz. El colegio de Patricia es interesante. Está en la calle Santander, la calle principal de Panajachel. Las clases comienzan a las 7:30 de la mañana. Muchos van al colegio a pie.

Muchos llegan en la mañana y juegan al fútbol. El fútbol es diferente al football en los Estados Unidos. Se juega al fútbol en Guatemala con los pies. En Guatemala los chicos dicen que juegan al "fut". El fútbol se llama soccer en los Estados Unidos. Patricia va al colegio a pie. La familia de Patricia no tiene carro.

Hoy Patricia va a su clase de inglés. Patricia entra a la clase. Es un día normal. La profesora habla con la clase. Dice que hay una posibilidad de ir a los Estados Unidos por un semestre. La profesora les explica detalles del programa:

1. El estudiante necesita saber un poco de inglés.

2. Necesita pagar parte del costo del programa.

3. Necesita salir en tres meses.

Patricia está emocionada. Va a casa y habla con su madre. Elena le dice que es buena idea pero no sabe si la familia tiene suficiente dinero. Patricia va a hablar con su padre durante el fin de semana. Por fin llega la noche del viernes. El padre llega a la casa después de una semana de trabajo en la capital. Patricia quiere hablar con su padre. Va hacia su padre y le dice:

—Quiero ir a los Estados Unidos por cuatro meses. Quiero asistir a una escuela en los Estados Unidos. Hay un programa en el colegio para estudiantes de otros países. Nosotros necesitamos pagar parte del costo del programa pero no es mucho. Tenemos que pagar 400 dólares por todo el programa. Es por el avión, la comida y una casa con una familia americana.

El padre le responde:

—Cuatrocientos dólares no es mucho para una persona en los Estados Unidos pero es todo mi salario de un mes. Es mucho dinero para mí.

Patricia le dice:

—Papá, todo esto es muy importante para mí. Voy a hablar inglés. Voy a tener muchas oportunidades aquí porque voy a saber inglés. Voy a tener oportunidades para tener un trabajo bueno. También es una oportunidad de conocer a otras personas y otra cultura.

El padre le responde:

—Bueno, Patricia, es un sacrificio muy grande para nuestra familia pero tengo dinero extra en el banco. Tú puedes ir.

Patricia está muy emocionada. Grita:

—¡Gracias, papá! ¡Estoy tan emocionada! ¡Eres un papá perfecto!

Patricia corre hacia su papá y le da un gran abrazo.

LA LLEGADA

La madre de Patricia, Patricia y sus hermanos van a la Ciudad de Guatemala en autobús. El padre de Patricia ahora está en la ciudad por su trabajo. Necesitan estar en el aeropuerto a las seis de la tarde. El padre va a estar en el aeropuerto a las 5:30.

La familia de Patricia llega a la ciudad. Llega a la terminal de buses. Tienen que tomar un taxi para ir al aeropuerto. Toman un taxi grande porque son seis personas. Llegan al aeropuerto a las seis. Gritan de felicidad porque ven a su padre. El padre está muy contento de ver a toda la familia. Hay muchas personas en el aeropuerto. Patricia le pregunta a su papá:

—¿Todos van a los Estados Unidos?

—No. Algunos sí. Otros van a países en Sudamérica. Otros van a otras ciudades en

Guatemala y a otros países en Centroamérica.
Patricia les da abrazos a todos. Llora un
poco porque no va a ver a su familia por unos meses. Les grita:

—¡Les quiero mucho!
¡Adiós!

Entra en el avión. El pi-
loto les habla a todos. Les
dice que el avión va a Los
Ángeles. Es un viaje de
aproximadamente 4 o 5 ho-
ras. Depende de las condi-
ciones. El tiempo en el avión
pasa rápidamente. El avión
llega a las once. Patricia sabe
que hay una hora de diferencia
entre el tiempo de Guatemala y
el tiempo de Los Ángeles. El avión
llega y Patricia sale del avión.

Cuando llega al interior del
aeropuerto de Los Ángeles, Patricia
ve a dos chicas. Las chicas tienen
un póster que dice PATRICIA. Patricia ve el póster y está muy contenta.

CAPÍTULO 5

UNA CASA NUEVA

Patricia mira a las dos chicas. Les dice:
—Hola.
Las dos chicas le dicen:
—Hello.
—Soy Patricia. Mucho gusto.
Patricia les da abrazos a las chicas y les da besos en las mejillas. Es costumbre de las mujeres y las chicas en Guatemala besar en las mejillas.
—Me llamo Diane.
—Me llamo Lisa.
Patricia está muy contenta porque las dos chicas hablan un poco de español. Patricia mira todo en el aeropuerto. Todos están hablando inglés. Patricia no comprende mucho inglés.
—Soy tu hermana americana. Tengo 15 años. Lisa es mi hermana. Ahora Lisa es tu hermana también. Lisa tiene 12 años.

14

Los padres de Lisa y Diane le dan la mano a Patricia y le dicen:

—Hola.

—Soy el padre de Lisa y Diane. Soy Ron. Mucho gusto, Patricia. Bienvenida a California.

—Soy la madre de las chicas. Me llamo Susan. Mucho gusto, Patricia. Bienvenida.

—Mucho gusto. Estoy muy contenta de estar aquí. Es una gran oportunidad para mí —les dice Patricia.

—Vivimos en la ciudad de Ventura. Está a una hora del aeropuerto si no hay mucho tráfico. Vamos a Ventura —le dice la mamá.

Van en carro. Hablan. Las chicas y la madre hablan un poco de español. Hablan en inglés y español. Las chicas le explican que van a una escuela pública. Diane va a Ventura High School y Lisa va a Altacama Middle School. Diane está en el año 9 de la escuela y Lisa está en el año 7. Ventura está en la costa.

Llegan a la casa. La casa es muy diferente a la casa de Patricia en Guatemala. Hay muchos cuartos en la casa. Las dos chicas tienen sus propios cuartos. Los padres tienen un cuarto grande. El padre también tiene una oficina en la casa. Es un cuarto solamente para el trabajo del padre. Él tiene su computadora en la oficina.

En la cocina hay muchos aparatos modernos. Tienen un aparato que lava los platos automáticamente. Todo es moderno y bonito. En la casa hay un sofá muy bonito. Hay otro cuarto que tiene otro sofá y un televisor. Patricia lo mira todo con curiosidad. Todo es tan diferente a su casa en Guatemala.

Patricia tiene su propio cuarto en su casa nueva. Le gusta su cuarto. Patricia les dice a todos en su familia:

—Buenas noches.

Patricia entra en su cuarto y escribe una carta a su familia.

< Capítulo 5 >

Querida familia:

Aquí estoy en California. Es muy diferente a Guatemala. Estoy con mi familia nueva. Estoy en mi casa nueva. Estoy en la ciudad de Ventura. Está en la costa. Está a una hora de Los Ángeles, al norte.

Mi familia es muy simpática. Mi padre se llama Ron y mi madre se llama Susan. Tengo dos hermanas. Una hermana se llama Lisa. La otra hermana se llama Diane. Lisa tiene 12 años y Diane tiene 15 años. La casa aquí es muy bonita. Hay muchos cuartos en la casa. El padre tiene una oficina en la casa. Lisa y Diane tienen sus propios cuartos. Tengo mi propio cuarto también.

Prefiero Guatemala pero todo es muy bonito aquí. Es un tiempo bueno para mí. Mañana voy a la escuela. Les quiero mucho.

Un abrazo grande,
Patricia

Es muy tarde pero Patricia no duerme. Piensa en su vida nueva. Esta noche en California todo es diferente. Esta noche es muy diferente a la mañana en Guatemala.

EXPERIENCIA MALA

Patricia va a la escuela. Es totalmente diferente a las escuelas y los colegios en Guatemala. Aquí los estudiantes no llevan uniformes. En Guatemala todos los estudiantes llevan uniformes. La escuela es más grande que su colegio en Panajachel. Todo en Ventura High es más grande y más moderno.

Patricia necesita la ayuda de una persona. Habla con una profesora. Decide estudiar inglés, español, educación física, historia y matemáticas. Tiene interés en inglés, español y educación física. No le gusta la idea de estudiar historia y matemáticas porque no habla bien el inglés. No le importa mucho porque está aquí para aprender el inglés.

Patricia está contenta porque la clase de inglés es una clase especial para los estudiantes

< Capítulo 6 >

que no saben mucho inglés. Piensa que necesita esta clase todo el día. Patricia va a su primera clase. Es la clase de inglés. Conoce a muchos estudiantes. Todos son simpáticos.

Hay un chico de Guatemala. Él se llama Alejandro y viene de Quezaltenango. Patricia está muy contenta porque hay un chico de su país en su clase. Ella habla con él. Alejandro le explica que es difícil aquí en California. Le dice que los latinos son muy buenos pero algunos gringos no aceptan a los latinos. Patricia se pregunta: "¿Por qué no aceptan a los latinos?"

Patricia va a la clase de historia. Es una clase de gringos. No hay latinos en la clase con la excepción de Alejandro.

Los gringos no le dicen hola. Ellos hablan con sus amigos pero no hablan con Patricia. Hay una chica en la clase que tiene un vestido especial. Es un vestido que tiene los colores de la escuela. Patricia escucha en la clase y ahora sabe que la chica se llama Debbie Martin. Patricia le pregunta a Alejandro:

—¿Por qué lleva Debbie Martin ese vestido especial?

—En los Estados Unidos hay muchos partidos entre las escuelas. Hay partidos de básquetbol, béisbol, fútbol y tenis. Juegan contra las otras escuelas en la región. Muchos estudiantes van a los partidos y gritan. Las chicas con esos vestidos son animadoras. Una animadora es una chica que grita en los partidos de fútbol americano. Ella canta y baila. Debbie es animadora. En los partidos ella grita y canta y anima a los otros estudiantes de la escuela.

Después de la clase, Patricia mira a Debbie y le dice:

—Hola.

Debbie le dice (en inglés):

—Hola. ¿Por qué estás tú aquí? Hay muchos mexicanos aquí. No necesitamos otra mexicana aquí.

Patricia le grita:

—¡No soy mexicana! ¡No soy de México! ¡Soy de Guatemala!

Patricia quiere llorar. Quiere regresar a Guatemala. Piensa: "¿Por qué es tan mala Debbie conmigo? No lo comprendo."

Después de las clases Patricia va a casa. Habla con Diane y Lisa. Les habla de su experiencia con Debbie. Les dice que no comprende por qué es tan mala Debbie. Diane le dice:

—Debbie es muy popular pero es popular sólo en su grupo. Cuando está con sus amigos, es muy educada. Es muy simpática con ellos. Pero cuando está con otros, no es simpática. Especialmente no trata bien a los estudiantes de México.

Patricia les dice:

—No comprendo. Soy una persona. Soy de otro país pero eso no es importante.

Lisa le dice:

—Patricia, no es nada. Hay otras personas buenas. Habla con las personas buenas. Debbie Martin no importa.

Patricia está contenta porque está con Lisa y Diane. Ellas realmente le comprenden. Comprenden que es una situación difícil para ella. Es difícil estar en un país nuevo con una familia nueva. Es difícil estar donde no comprende mucho inglés. Pero es bueno estar con una buena familia americana. Patricia va a su cuarto y escribe otra carta a su familia.

Querida familia:

Hoy en la escuela conocí a una chica que se llama Debbie Martin. Es una chica muy popular. Es animadora. Va a los partidos de fútbol y canta y baila y anima a los otros estudiantes de la escuela en los partidos. Tuve una experiencia muy mala con ella. Ella es muy mala en mi opinión. No comprendo por qué es tan mala ella.

Mi familia es muy buena. Lisa y Diane son hermanas buenas y amigas buenas. Hablo con ellas de mis problemas. Ellas me comprenden. Estoy feliz porque estoy con una familia buenísima.

Voy a estudiar mucho. Voy a estudiar mi inglés y mis otras materias. Quiero aprender mucho. Voy a estar aquí sólo cuatro meses. No es mucho tiempo. Tengo que aprender mucho. Voy a aprender mucho.

Les quiero mucho,
Patricia

PROBLEMAS CULTURALES

Es viernes. Esta noche hay un partido de fútbol. En la escuela todos van al gimnasio en la tarde y gritan. Gritan y cantan. Debbie Martin está en el centro de un grupo de chicas. Ella está cantando y gritando con su vestido con los colores de la escuela. Patricia siempre está triste cuando mira a Debbie. Patricia le pregunta a Diane:

—¿Qué es un cougar?

Diane le explica:

—Un cougar es un animal como el tigre. La escuela se llama Ventura High Cougars. El cougar representa nuestra escuela. El cougar es un símbolo de nuestra escuela.

En el gimnasio Patricia lo mira todo. Mira como todos gritan y cantan. Le gusta la emoción de todos. Le gusta la escuela. Es tan diferente a Guatemala.

En la noche Diane, Lisa y Patricia van al partido de fútbol. Ventura juega contra Oxnard. Todos los estudiantes de la escuela van al partido. Es un evento muy importante en la escuela. Patricia piensa que va a mirar un partido de fútbol como juegan en Guatemala. Patricia ve que el partido es diferente a un partido de fútbol en Guatemala.

Es un partido muy violento. Todos están corriendo. Uno tiene una pelota en forma de óvalo. Él le da la pelota a otro chico y ese chico corre. Después muchos corren hacia el chico con la pelota. El partido es muy diferente para Patricia. Ventura ganó el partido 21 a 20. Todos los estudiantes de Ventura están contentos porque Ventura ganó.

Después del partido Diane, Lisa y Patricia van a un restaurante para comer. Es un restaurante de comida rápida. Muchos estudiantes van a ese restaurante después de los partidos. Diane, Lisa y Patricia comen hamburguesas. Es una noche muy interesante para Patricia. Todo en California es muy diferente a Panajachel. Las dos están comiendo cuando Debbie Martin entra en el restaurante. Entra con su grupo. Hay unos 20 chicos en el grupo. Debbie mira a Patricia. Debbie les grita a sus amigos:

—¡Hay una mexicana en el restaurante! No quiero comer aquí. Vamos a comer en otro restaurante.

Otros en el grupo gritan:

—¡No me gustan los mexicanos! Vamos.

Inmediatamente todos los amigos de Debbie salen. Patricia mira a Diane y a Lisa. Patricia comienza a llorar. Diane y Lisa le dicen:

—Patricia, está bien. No es nada. No llores. Debbie es mala. Hay muchas personas buenas en California. Hay personas malas en todas partes. Vamos.

Las chicas van al parque. Es tarde pero es una buena noche. No es una noche perfecta porque Patricia está triste cuando piensa en Debbie. Diane, Lisa y Patricia hablan. Patricia les habla

de Guatemala. Les dice que es un país pobre.
Les habla de las casas. Les dice que hay muchos
chicos en Guatemala que no van a la escuela
porque tienen que trabajar. Tienen que trabajar
para tener dinero para la familia. Tienen que
dar el dinero a la familia. La familia necesita el
dinero para comer. Aquí las familias tienen de
todo pero no lo aprecian. No saben que tienen
mucho.

—Prefiero mi país, donde las personas
no tienen muchas cosas.

Diane le dice:

—Tenemos muchos problemas aquí en
los Estados Unidos. Hay muchos criminales.
Hay personas que roban carros y dinero.

Es muy tarde. Son las 12 de la noche. Las
tres se van a casa. Patricia va a su cuarto y
escribe otra carta a su familia.

Querida familia:

Hoy fue un día interesante. Tuvimos una reunión grande en la escuela. Todos los estudiantes fuimos al gimnasio y gritamos y cantamos. Gritamos cosas de la escuela y cantamos cosas populares. Gritamos porque en la noche hubo un partido importante de fútbol entre mi escuela y otra. Nosotros ganamos.

Después todos fuimos a un restaurante para comer. Nosotras comimos hamburguesas. Debbie Martin entró y gritó:

—¡Hay una mexicana en el restaurante! No vamos a comer aquí.

Los otros estudiantes en el grupo de Debbie son malos. Debbie Martin es muy mala. No comprendo por qué ella es mala. Estoy muy triste porque Debbie hace cosas malas.

Les quiero mucho,

Patricia

ꙅN DÍA DE CLASES

Patricia va a la escuela en la mañana con Lisa y Diane. Es un día normal. Va a su primera clase. Debbie Martin está en la clase pero hoy no le dice nada a Patricia. Patricia está feliz cuando Debbie no le habla.

La clase de historia es una clase normal. Hablan de la historia de los Estados Unidos. El profesor habla de Jorge Washington. Dice que él es el padre de los Estados Unidos. También habla de Tomás Jefferson. Tomás Jefferson es un expresidente de los Estados Unidos. También es el autor de la Declaración de Independencia. Patricia escucha pero hay mucho que no comprende. Hay mucho de la historia de Guatemala que no comprende y ahora tiene que aprender la historia de los Estados Unidos.

Patricia prefiere la clase de inglés. Es

donde aprende mucho y tiene muchos amigos.
Sus amigos son latinos que viven aquí. Algunos
tienen muchos años aquí y no hablan bien el inglés. En la clase hablan inglés. Escriben compo-
siciones en inglés también. El profesor no habla
muy rápido y les explica lo que Patricia no comprende. Es una clase perfecta para ella. Patricia
no puede concentrarse bien en la clase de inglés.
Hoy Patricia está preocupada por Debbie Martin. No la comprende. No sabe por qué ella es
así.

Después de las clases regresa a casa en
carro con Lisa y Diane. Hablan del día y de las
clases. Cuando van a casa, ven algo. En una calle cerca de la escuela ven a un hombre. El hombre está cerca de un carro. Está gritando. En el
carro hay una chica. Patricia ve la situación y les
grita a Diane y Lisa:

—¡Paren! ¡Miren! Esa chica tiene un pro-
blema. Ese hombre va a robar el carro de la
chica.

El hombre tiene una pistola. El hombre le
apunta con la pistola a la chica. Diane para el carro. Patricia corre hacia el carro. Ve que la chica
en el carro es Debbie Martin. Patricia le grita al
hombre en inglés:

—¡Tengo un teléfono! ¡Voy a llamar a la

29

< Patricia va a California >

policía ahora!

El hombre mira a Patricia. Mira a las dos otras chicas en el carro. El hombre no quiere problemas con la policía. Así que el hombre corre y escapa. Debbie sale de su carro. Está llorando. Le da un abrazo a Patricia y le dice:

—Gracias. Gracias. Muchas gracias.

Ahora Debbie se siente mal porque siempre le dice cosas malas. Debbie lo siente mucho. Le dice:

—Patricia, perdón. Tú eres una persona

< Capítulo 8 >

buena. Tengo problemas con mi familia. Tengo problemas en la escuela. Generalmente no soy una persona mala.

Patricia le dice:

—No es nada, Debbie. Tú eres una persona buena.

Debbie le responde:

—Gracias, Patricia, por todo hoy. Estoy viva gracias a ti. El hombre es realmente malo. ¿Quieren ir a mi casa?

—Sí, pero necesitamos el permiso de nuestros padres.

Diane llama por teléfono y habla con su madre. Su madre les da permiso. Patricia, Diane y Lisa van a la casa de Debbie. Pasan la noche hablando. Patricia le dice a Debbie que ella no es mexicana. Es guatemalteca. Es de Guatemala. Es una noche fantástica. Patricia está muy contenta.

Debbie les invita a una fiesta el viernes después del partido. Ellas aceptan la invitación. Las tres chicas regresan a casa. Todas están muy contentas por todo lo de esta noche.

Patricia llega a casa. Es tarde. Escribe una carta a su familia en Guatemala.

< Patricia va a California >

Querida familia:

Hoy no tengo problemas. Todo con Debbie está bien. Ahora mi vida es perfecta aquí en California. El viernes vamos a una fiesta en la casa de Debbie. Ella es mi amiga ahora.

Puedo hablar inglés, no muy bien, pero puedo hablar. Me gusta mi familia aquí. El papá Ron siempre habla conmigo y me pregunta cómo estuvo mi día. La madre Susan también habla mucho conmigo. Mi familia americana es muy unida.

Estoy triste porque no tengo mucho tiempo más en California. Estoy feliz también porque voy a regresar a mi país y voy a ver a mi familia.

Les quiero muchísimo,

Patricia

CAPÍTULO 9

CULTURAS DISTINTAS

El viernes Patricia y Diane van a la fiesta de Debbie. Hay muchos estudiantes de la escuela en la fiesta. Debbie tiene una casa elegante. Patricia y Diane entran en la casa. Debbie les da un abrazo. Les dice:

—Hola, Patricia y Diane. Gracias. Estoy muy feliz porque Uds. dos están aquí en mi fiesta.

Patricia le dice:

—Hola. Gracias por la invitación. Me gusta tu casa.

—Gracias.

Las tres chicas comen y hablan. Otros bailan en la fiesta y juegan. Patricia y Debbie se sientan y hablan. Debbie le pregunta a Patricia:

—¿Cómo es Guatemala?

—Guatemala es un país muy bonito.

Hay muchas montañas. Vivo cerca de un lago. El lago es grande. Se llama Lago Atitlán. Tengo una familia muy unida. Tengo tres hermanas y un hermano.

—¿Guatemala es muy diferente a los Estados Unidos?

—Sí. Hay muchas diferencias. Guatemala es un país pobre. Muchas personas piensan que es terrible ser pobre. En mi opinión nosotros tenemos de todo. Mi padre no gana mucho dinero pero tenemos comida y tenemos una casa. No necesitamos más.

Debbie le responde:

—Quiero visitar Guatemala. Quiero ver tu país. Quiero conocer a tu familia.

—Debbie, tú tienes que visitarme en junio. No hay clases en junio.

—Quiero ir. Voy a hablar con mis padres mañana.

A Patricia le gusta la fiesta. Le gusta la comida. Habla con muchos en la fiesta pero más que nada le gusta hablar con Debbie. Debbie es una persona especial. Diane y Patricia regresan a casa.

Patricia escribe otra carta.

< Capítulo 9 >

Querida familia:

Todo va bien por aquí. No tengo problemas ahora. Debbie Martin es mi amiga. En la fiesta nosotras hablamos mucho. Ella quiere visitarme en Guatemala. Quiere pasar un mes en nuestra casa. Estoy muy feliz porque ella puede ver nuestra casa y nuestro bonito lago.

Es la última carta que les escribo desde los Estados Unidos. Voy a regresar en solamente 3 semanas y, si escribo otra carta, no va a llegar a tiempo. Voy a llegar al aeropuerto de la Ciudad de Guatemala el 22 de diciembre. Voy a llegar a la una de la tarde. Estoy muy feliz porque voy a ver a mi familia. Hay poco tiempo más ahora para mí en California.

Les quiero mucho,
Patricia

CAPÍTULO 10

A CASA

Patricia regresa a Guatemala. Ella está emocionada. No es un día normal porque hoy Patricia regresa a su país. Ron, Susan, Diane y Lisa van al aeropuerto. Debbie Martin va también. Debbie va a visitar a Patricia en junio. Debbie está muy contenta porque va a conocer otro país. Todos van en carro al aeropuerto de Los Ángeles. El viaje es un viaje triste. Patricia tiene muchos amigos aquí en los Estados Unidos y tiene recuerdos muy buenos. Llegan al aeropuerto. Van a la terminal internacional. Es tiempo de decirles adiós a todos. Patricia les dice:

—No puedo expresar la emoción que siento. Voy a tener estas experiencias en mi memoria para siempre. Voy a tener amigos de California siempre. Muchísimas gracias por todo.

Ron le dice:

—Gracias, Patricia. Tú eres una chica fenomenal. Eres una persona muy especial. Es

< Capítulo 10 >

un honor conocer a una persona como tú. Sabemos que tienes una familia muy buena. Siempre vas a tener una familia aquí en California.

Diane y Lisa también le dicen sus últimas palabras a Patricia. Toda la familia abraza a Patricia. Debbie también le da un abrazo y un beso en la mejilla. Debbie le dice:

—Patricia, soy una persona diferente ahora. Estoy muy contenta. Tú eres fenomenal. En

37

solamente seis meses voy a estar en Guatemala. Gracias por todas tus lecciones de vida.

El momento de entrar en el avión llega. Patricia llora. Está triste porque no va a ver a su familia más. Les grita:

—¡Adiós! —y entra en el avión. Se sienta en el avión. Piensa en su experiencia. Piensa en todas sus experiencias con Debbie Martin. Piensa en todas sus experiencias con su familia americana. Piensa en sus amigos de la escuela. El tiempo en el avión pasa rápidamente.

El avión llega a Guatemala. Patricia sale del avión. Cuando ve a su familia, está supercontenta. Les grita:

—¡Hola, familia!

Toda la familia le da abrazos y besos. Patricia está contenta de estar en Guatemala de nuevo.

EXPERIENCIA BUENÍSIMA

Es junio. Patricia va al aeropuerto. Hoy llega Debbie. Patricia está contenta cuando ve a Debbie. Las dos se abrazan y se besan en las mejillas. Van en taxi al centro. En el centro toman un autobús para ir a Panajachel. Se sientan en el bus y hablan durante el viaje de tres horas. Debbie le habla de los eventos nuevos en California. Debbie le da a Patricia una carta especial de Diane. Debbie lo observa todo. Debbie tiene una actitud positiva porque conoce a Patricia. Está en Guatemala para apreciar todo lo bueno del país. El autobús no es muy moderno pero a Debbie no le importa. Está contenta porque está en Guatemala y está con Patricia.

El autobús llega a Panajachel. La primera vez que Debbie mira el Lago Atitlán es una experiencia buenísima. El lago es muy bonito. Los

< Patricia va a California >

volcanes son muy impresionantes. Debbie lo ve
todo con admiración. Las chicas andan a la casa
de Patricia. Andan unos 20 minutos.

Debbie entra en la casa. La familia de Patricia tiene animales. Tiene un gato y un perro.
Debbie ve a la madre de Patricia. Le da la mano
y le dice:

—Mucho gusto. Es un gran placer cono-
cerlos a Ud. y a su familia. Patricia es mi amiga.
Es una persona muy buena.

Debbie les da besos en la mejilla a las hermanas y al hermano. Les dice:

—Mucho gusto. Es un gran placer estar aquí en Panajachel.

Debbie tiene algo especial de su familia para la familia de Patricia. Es un plato que dice California. Le da el plato a la madre. Ella está muy contenta con el regalo. Le dice a Debbie:

—Muchas gracias. Es muy bonito. Sabemos mucho de ti. Estamos muy contentos con tu visita. Patricia siempre habla de ti. Lo siento pero mi esposo no está ahora. Trabaja en la capital y sólo viene los fines de semana. Va a venir mañana en la noche.

Debbie entra en la casa. Ve que hay un televisor. Hay dos dormitorios y una cocina. También hay un baño. La madre está en el patio. Está lavando la ropa. Tiene que lavar la ropa a mano. Debbie piensa en su casa y en esta casa. Su casa es como una mansión en comparación pero sabe que eso no es importante. Debbie sabe que tener cosas no hace feliz a una persona. Hay muchas personas en los Estados Unidos que lo tienen todo pero no son felices. Debbie ve aquí una vida diferente. Las cosas materiales no son tan importantes. Las relaciones con otras personas son muy importantes.

41

Debbie escribe una carta a su familia.

Querida familia:

Aquí estoy en Guatemala. Las montañas son preciosas. El lago es superbonito. Me gusta todo aquí. Guatemala es totalmente diferente a California. Hay muchos indígenas con ropa típica. Me gustan los colores de la ropa de los indígenas.

La familia de Patricia es muy simpática. El padre no está mucho porque trabaja en la Ciudad de Guatemala.

Panajachel es muy turístico. Hay muchos niños que andan en la calle vendiendo cosas. Venden ropa y muchas cosas turísticas. Me gusta Guatemala. Va a ser una buena experiencia aquí.

Les quiero mucho,

Debbie

CAPÍTULO 12

GRACIAS POR TODO

Es el último día en Guatemala para Debbie. Un mes no es mucho tiempo. Debbie tiene muchos amigos en Guatemala. Todos los amigos hacen una fiesta para ella. Las hermanas de Patricia van con Patricia y Debbie a la fiesta. Muchos amigos tienen regalos para Debbie. Debbie está feliz con los regalos porque sabe que ellos no tienen mucho dinero para comprar regalos. Es una fiesta buena. Debbie está contenta con sus amigos en Guatemala. Todos en la fiesta escuchan música en español. Bailan. Comen. Es una noche superbuena para ella. Después de la fiesta Debbie y Patricia andan a la casa de Patricia. Debbie le dice:

—Patricia, estoy feliz de tener esta oportunidad de pasar tiempo en Guatemala. Mi vida

< Patricia va a California >

es totalmente diferente ahora. Tengo muchos amigos en Guatemala. Tengo una familia aquí en Guatemala. Estoy triste porque tengo que regresar a mi país.

Patricia le dice:

—Debbie, gracias por todo. Tú realmente eres una amiga buena. Tu visita pasó rápidamente. También estoy triste porque tienes que regresar a California.

Debbie va a la casa y se duerme. En la mañana Patricia va al aeropuerto. Patricia va con ella. En el aeropuerto Debbie piensa en la primera vez que vio a Patricia. Piensa en cuando dijo: "No me gustan los mexicanos." Piensa en todos los eventos con Patricia. Está muy contenta. Tiene buenas memorias de las experiencias con ella y de las experiencias en Guatemala.

Debbie le da un abrazo a Patricia. Le dice:

—Patricia, me gustan los mexicanos pero especialmente me gustan los guatemaltecos.

Debbie entra en el avión y va a California.

Notas sobre el uso de ciertas palabras en Guatemala

En la primera impresión de este libro se había usado las palabras indio y tribu en descripciones de Guatemala. Después supe que en ese país:

- *indio es despectivo e insultante*

- *tribu no se usa para referirse a un grupo de indígenas*

- *ladino se usa para referirse a casi todo guatemalteco que no se considere indígena*

Agradecimiento

Le agradezco mucho a Mark Ellinghaus, profesor de inglés en Guatemala, sus indicaciones sobre las palabras mencionadas en la sección anterior.

GLOSARIO

The words in the vocabulary list are given in the same form (or one of the same forms) that they appear in in the text of Patricia va a California.

Unless a subject of a verb in the vocabulary list is expressly mentioned, the subject is third-person singular.

For example, abraza is given as only hugs. In complete form this would be she, he or it hugs.

It is also useful to know that the verb ending -ndo means -ing in English and that -mente at the end of a word is generally like -ly in English.

a to, at; also used before a noun referring to a person who receives the action of a verb, for example: *ven a su padre* they see their father

  a mano by hand

  a tiempo on time

  a tres horas de three hours from

abraza hugs

abrazan they hug

  se abrazan the hug each other

abrazo I hug, hug(s)

aceptan they accept

actitud attitude

acuesta: se acuesta lies down, goes to bed

adonde (to where)

aeropuerto airport

agradecida grateful

agua water

ahora now

al (a + el) to the

algo something

algunas, algunos some

allí there

amigos friends

andan they walk

andar to walk

animadora cheerleader

anima cheers

año year

  tiene 12 años is 12 years old

aparatos appliances

aprecian they appreciate

aprende learns

aprender to learn

aproximadamente approximately

apunta points

aquí here

así like that, like this, that way, this way

  así que so

asistir to attend

autobús bus

avión airplane

ayuda helps

ayudan they help

ayudar to help

baila dances

bailan they dance

baño bathroom

besan they kiss

besar to kiss

beso I kiss, kiss

besos kisses

bien fine, well

bienvenida welcome

blusa blouse

boleto ticket

bonita, bonto pretty

buena, bueno good

buenas, buenos good

buenísima very good

bueno good, well

lo bueno what's good, the good things
buscar to look for
cabeza head
calle street
canta sings
cantamos we sing
cantan they sing
cantando singing
capítulo chapter
carro car
carta letter
casa house
centro town center, downtown, center
Centroamérica Central America
cerca close, near
chica(s) girl(s)
chico(s) boy(s)
cinco five
ciudad city
cocina kitchen
colegio private high school
come eats
comen they eat
comer to eat
comimos we eat
comida food
comienza starts
como I eat, how
como like, as, how, the way
cómo: ¿Cómo es ...? What is ... like?

comparación comparison
complicada complicated
compra buys
compran they buy
comprar to buy
compras you buy
compras: van de compras they go shopping
comprende understands
comprenden they understand
comprendo I understand
computadora computer
con with
concentrarse to concentrate
conmigo with me
conoce knows, meets
conocer to know or meet
conocí I met
contra against
corre runs
corren they run
corresponde corresponds
corriendo running
cosas things
costa coast
costo cost
costumbre custom
cruz cross
cuando when
cuarto(s) room(s)
cuatrocientos 400
curiosidad curiosity

da gives
dan they give
dar to give
de of, from
  contento de ver happy to see
  de día in the daytime
  de noche at night
  de nuevo again
  más de more than
  oportunidad de ir opportunity
   to go
decirles to say to them
del (de+el) of the
depende depends
después after
detalles details
dice says
decir to say or tell
día day
dicen they say
diciembre December
difícil difficult
dijo said, told
dinero money
dólares dollars
donde where
dos two
duerme sleeps
durante during
educada behaved
el the
él he

ella she, her
ellos/ellas they
ensalada salad
entra enters
entre between
emoción excitement, emotion
emocionada excited
en in, on
  piensa en thinks about
eres you are
esa / eso that
escapan they escape
escribe writes
escribo I write
escucha listens
escuchan they listen
escuela school
ese/eso that
esos/esas those
especial special
especialmente especially
esposo husband
está is
estamos we are
están they are
estar to be
estaciones seasons
Estados Unidos United States
este/esta/esto this
estos/estas these
estoy I am
estudiante student

estudiar to study

estuvo was

excursiones excursions

existen they exist

explica explains

expresar to express

felices happy

felicidad happiness

feliz happy

fiesta party

fin end

física: educación física physical education

forma shape

fue was

fuimos we went

fútbol soccer, football

ganamos we win, we won

ganan they win

ganar to win

ganó s/he won

generalmente generally

gimnasio gymnasium

gobierno government

gracias thanks

gran great

grande large, big

gringos Americans

grita yells

gritamos we yell

gritan they yell

gritando yelling

gritó s/he yelled

guatamalteca Guatemalan person

gusta pleases

gustan pleases

gusto: mucho gusto nice to meet you

habla speaks

hablamos we speak

hablan they speak

hablando speaking

hablar to speak or talk

hace does, makes

　hace feliz a una persona makes a person happy

hacen they make, do

hacia towards

hay there is, there are

hermana sister

hermano brother

hombre man

hora hour

hoy today

hubo there was, were

huipil/huipile Mayan blouse

importa matters

indígena indigenous

inglés English

inmediatamente immediately

interés interest

invierno winter

ir to go

juega plays

juegan they play

junio June
ladina/ladinas person of mixed raccial ancestry
lago lake
lava washes
lavando washing
lavar to wash
le/les to/for him, her, them, you
lecciones lessons
llama calls
  se llama is called, named
llamar to call
llamo I call
llega arrives
llegada arrival
llegan they arrive
lleva wears
llevan they wear
llora cries
llorando crying
llorar to cry
llores: no llores don't cry
lluvia rain
la the, her
las the, them
lo it
  lo mira todo looks at everything
  lo siento I'm sorry
  lo tienen todo they have everthing
  lo ve todo sees everything
  todo lo bueno all the good
los the, them

madre mother
mal/mala bad, poorly
mamá mom
mano hand
  a mano by hand
mañana tomorrow
(la) mañana morning
más more
  más grande bigger
mayo May
me to/for me
  me llamo I call myself
mejilla cheek
mes month
mexicana Mexican
mira looks, watches
mirar to look, watch
miran they look
moñtanas mountains
mucha(s), mucho(s) many, a lot
  mucho gusto nice to meet you
mujeres woman
muy very
nada nothing
necesita needs
necesitamos we need
niñas girls
niñita little girl
niños children
noche night
nosotras/nosotros we
nuestra/nuestros our

nueva(o) /nuevos new
o or
observa observes
once 11
oportunidad opportunity
otra(s), otro(s) other(s)
óvalo oval
padre father
padres parents
pagan they pay
pagar to pay
país country
palabras words
palmeras palm trees
pantalón pants
papá dad
para for
parte part
participan they participate
partido game, match
pasa passes
pasan they pass
pasar to pass
pasó s/he passed
pelota ball
perdón pardon, sorry
patio yard
pero but
perro dog
personas people
piensa thinks
piloto pilot

piensan they think
placer pleasure
plátano banana
pobre poor
poco little
policía police
por for, because of
  gracias por thank you for
  por fin finally
  ¿por qué? why
  por teléfono by phone
porque because
posiblemente possibly
prefiere prefers
prefiero I prefer
pregunta questions
preocupada por worried about
prepara prepares
preparan they prepare
primera first
principal main
privilegio privilege
producen they produce
profesor(a) teacher
propio own (adjective)
pueblo town
puede can, is able to
puedes you can
puedo I can
que that, than
qué what
querida dear

quiere wants
quiero I want
  les quiero mucho I love you a lot
rápida fast
rápidamente rapidly, quickly
realmente really
reciben they receive
recuerdos memories
regalo gift, present
regresa returns
regresan they return
regresar to return
representa represents
responde respondes
restaurante restaurant
reunión meeting
roban they steal
robar to steal
ropa clothing
sabe knows
sabemos we know
saben they know
saber to know
sacrificio sacrifice
sale leaves
salen they leave
salir to leave
semana week
se himself/herself, each other
  se besan they kiss each other
  se dan they give each other
  se juega is played

se llama is called
  se pregunta asks herself
semana week
semestre semester
ser to be
si if
sí yes
siempre always
sienta sits
sientan they sit
siente feels
siento I feel
  lo siento I am sorry
simpática(s), simpático(s) nice
sólo only
solamente only
somos we are
son they are
soy I am
suficiente enough, sufficient
su/sus his, hers, theirs
también also, too
tan as
tarde late
televisor television
tenemos we have
tener to have
tengo I have
ti you
tiene has
  tiene que he/she has to
tienen they have

tienen que they have to
tienes you have
  tienes que you have to
tira throws
toda all
  en todas partes everywhere
todo everything
todos all, everyone
  todos fuimos we all went
  todos los días every day
toman they take
tomar to take
tortillería tortilla store
totalmente totally
trabaja works
trabajan they work
trabajar to work
trabajo *work (noun), job*
trata treats (verb)
triste sad
turísticas, turístico tourist
  (adjective), touristy
tu your
tú you
tus your
tuve I had
tuvimos we had
Ud. you (formal) (abbreviation
of usted)
Uds. you (plural) (abbreviation
  of ustedes)
última(s), último last

un, una a, an, one
unida, unidos united
va goes, is going
vamos we're going, let's go
van they go, (they) are going
vas you're going
ve sees
ver to see
verano summer
vestido dress
ven they see
venden they sell
venir to come
vez time
viaje trip
vida life
viene comes
viernes Friday
vio saw
visitar(me) to visit (me)
viva alive
vive lives (verb)
viven they live
vivimos we live
vivo I live
volcán volcano
voy I'm going

Level 1 novels

Pobrecita Ana

Under 100 unique words

Ana, a 13-year-old girl from California, is disappointed with the lack of friends that she has in her community. When she gets an opportunity to go to Guatemala for a visit, her mother encourages her that she can handle anything she faces one by one.

Berto y sus buenas ideas

Under 150 unique words

Berto lives in Madrid, Spain. His best friend is Paquita. Berto has one big problem. He does not like school. He does not like to study. He does not like to do homework. He does not even like his teachers. In fact, his teachers are really odd. Fortunately, Berto has a lot of good ideas. He can think of many fun and exciting things to do rather than going to school.

Los niños detectives

100 unique words

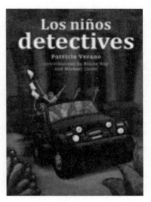

Alberto is a curious boy that lives with his family in Bolivia. His dad is a scientist and hopes that he follows in his footsteps. Unfortunately, Alberto is not interested in science and prefers drawing everything that he sees. One day, Alberto and his friend Pedro witness something suspicious and end up combining their talents in order to solve a mystery that involves saving missing animals.

Pobre Ana Moderna

300 unique words

Ana thinks her life is so bad because things aren't going her way with her family. When she compares herself to her friends, things get even worse. Her only solution is to go to Mexico for a couple of months and escape all of her problems. Will a summer in Mexico be the answer to her problems or will things in her life stay the same?

Look, I Can Talk curriculum materials

New and improved Spanish level 1 curriculum (2018). Now with comprehensible cultural readings for each Chapter based on AP themes, 36 classroom-ready PowerPoints, 18 proficiency-based assessments, a variety of student activities, and step-by-step instrcutions for teachers.

TPRS® is based on the idea that the brain needs an enormous amount of comprehensible input in the language. Make your classes come alive with this collection of over 90 stories that support the oral stories done in class (found in the Teacher Guide). This updated workbook includes a variety of activities for students, guide words, graphics, and a large font for beginning readers.

PATRICIA VA A CALIFORNIA

Blaine Ray

Patricia is a 15-year-old girl from Guatemala that is visiting the United St... ... exchange student, she is tre... ...amed Debbie. Debbie finds herself in a dangerous situation with an unexpected hero to her rescue...

TPRS
BOOKS

www.TPRSbooks.com

📞 888-373-1920

9 780929 724508
ISBN 0-929724-50-X
50595>